気にしない

YOH Shomei

日本標準

気にしない。
いろいろなこと、
気にしない。

気にしないと
生きるのが楽になる。
気にしないと
心がすっきりする。

気にしていると
心が閉ざされ
小さくなる。
生きるのが
楽しくなくなる。

誰かのたった一言で、
今日という日
あるいは数日間が
フイになる。
なんと
もったいないことか。

気にしない。
誰かのひと言。

気にしない。
その人だって、
何気なくふと言っただけ。

気にするなんて、
ばかげている。

気にすると
いつまでも気になるけれど、
そんなもの、
その時だけの言葉にすぎない。

ただ、あなたが
気にしていることなら、
それは気になる。

その時は、
自分の生き方を
相手がはっきり言ってくれたんだと
感謝すればいい。
そして、
もう気にしないことだ。

気にしていると
あなたの大切な人生の時が
奪われてしまう。

気にしない。
誰かの一言には
何の意味も価値もないのだから。

気にするのは、
気の弱さ？
優しすぎ？
いつも何かを恐れ
不安でならない。

人から何か
文句を言われないか、
人に何か
迷惑をかけてやしないかと、
心配ばかりしている。

何かにつけて、
気になってしょうがない。
そして、いつも自分を責める。
それではあまりにかわいそう。

あなたはもっと
自分を愛さなくては。
本当に、
自分をもっと大切に！

人のことなど気にしないで
好きなように
生きなさい。

力いっぱい生きなさい。
あなたには
その権利がある。

いいかね。
気にしちゃだめだよ。
人はその言動によって
その人自身を表す。

人が気にするような
ものの言い方をする人は、
結局、
私はこういう人間です、と
言っているようなもの。
そして、そのことに気づかない、
気の毒な人なんだ。

さあ、
もうそんな事など忘れて、
先に進もう。
もっと楽しいことを
考えよう。
自分も、人も、
喜ぶことを考えよう。

いいね、
もう気にしない。
気にしない。
さあ、微笑んで、
そう、それでいい。
君の笑顔、素敵だよ。
それを皆に見せてあげようよ。

気にしない。
今、気になっていることも
しばらくすれば
気にならなくなる。
今日、気にしていたことも、
明日はそうでなくなる。

数日も経てば
大抵のことは忘れてしまう。
だから、気にしない。
気にするのは時間の無駄！

何か嫌なことがあったとき、
「気にしちゃだめだよ」と
親切な人が言ってくれる。
本当にそうだ。
素直にそれに従えばいい。

気にする気分は
実は長続きしない。
怒りも悲しみも
恨みも憎しみだって
本当は起こったときが
最も強い。
そして徐々に
その気分は薄れていく。

しかし、
気にしていると、
それらはより強く
より根深くなっていき、
あとではどうにもできなくなる。
体調にも人生にも影響し始める。

だから、
相手のためにも
自分のためにも
気にしない、気にしない。

気にしないで、
嫌なことはさっさと忘れてしまう。
もちろん、自分が人を怒らせたり、
失礼をしたのなら、
できる限り早く素直に謝り、
誠実に対応する。
それは当然のこと。

そうすれば、
それだって気にならなくなる。
やるべきことを
きちんとやっておけば。

様々なことを
気にするあなたは
きっと繊細で
優しい心の持ち主だ。

人の言動、自分の言動に
あなたはいつも
神経をすり減らして生きている。
人に疲れ、世間に疲れ、
生きるのに疲れ、
どこかに消えてしまいたいと…

独りなら
誰も傷つけないし
自分も傷つかないで済む。
しばらく、独りになりなさい。
皆から離れて、そこで、ゆっくり
自分を取り戻せばいい。

ほら、
静けさの中で、
安らぎが戻ってきた。
もう、誰にも気を遣わない。
何も気にしない。
気にしない、気にしない。

気にしない。
気にしないって言っても、
何でもかんでも
自分勝手にしていい、というわけじゃないよ。
それは、他の人への心遣いの欠如だ。

でも、あなたは
そんな人じゃない。
むしろ、人のことを気にかけすぎて、
自分を責めてしまう謙虚な人だ。
それでいつも、自分が苦しむ。

あの時、ああすれば、
ああしなければ、
あの人に、
あんなこと、言わなければ、
あるいは言っておけばと、
あとでくよくよ考える。

それが、気にするってこと。
過ぎたことを思ってもしょうがない。
そんなことを気にしていたら、
人生を楽しめない。

昨日は去った。
あなたが言ったこと、
言わなかったこと、
起こったことも、
過ぎ去ったこと。

明日のことも気にしない。
明日はまだ来ていない。
まだ来ていないことを
くよくよ考えない。
今日は、今日だけのことを
精一杯やればよい。

一生懸命な人を見ると
人は、声援を送りたくなる。
少しくらいの至らぬ点は
大目に見てくれる。

誰もそれ以上は求めないし、
求め得ないって、知っている。
もっと人を信じなさい。
もっと自分を信じなさい。

人生には信頼が必要だ。
信頼が欠けていると
いろいろと気を回す。
あれこれ気に病み
取り越し苦労する。
信頼があれば
互いに認め合い
許しあうこともできる。

まずあなたの方から
人を信頼しなさい。
そうすれば人は
あなたを信頼するようになる。

その時、「気にする」は「気配り」となり、
そして「気遣い」となり
ついには「愛」となる。
愛は、この世の全てを
温かく包み込む。
気にする、とは
「愛」の不足のこと。

あなたは実は
「愛」を求めているのだ。
あなたは本当は
優しく、思いやりのある人で
その気遣いは
愛に通じる。

あなたは
気にする人でなく
愛する人になりなさい。
あなたには、
その素質がある。

どんな小さなことにも
敏感に反応するのは
愛に敏感だということ。
そんな人こそ
愛する人にふさわしい。

愛はとても力強い。
この世をより良く変える力がある。
あなたの中に、その愛がある。
溢れ出んばかりに。
もうこれからは
気にするのではなく
愛しなさい。

人を、社会を、
仕事を、出来事を、
とりわけ、自分自身を。
自分に優しく、
自分を許し、相手を許し、
自由に伸び伸びと
生きてゆきなさい。

いいね、
もう、気にしない、気にしない。
気にしていると悩みになる。
悩み続けると苦しみになる。
苦悩は、気にしすぎの結果だ。

生きていれば
だれだって失敗する。
ミスも犯すし、気も緩む。
間違ったと気づいたら
素直に謝る。
それでいい。
人も社会も
正直な人には寛大だ。
それは本当。

そして、人は、
あなたが思うほど、
あなたのことを
気になんかしていない。
気にしているのは
あなた自身だけ。

だから、あなたが気にしなければ、
問題はなにもない。
気になるとは、
ちょっとした
心のひっかかり。
一陣の風に吹かれて
ふっと生まれた
池の水面《みなも》の波紋。

じっとしていれば
風は去り、波も鎮まる。
水面は再び
しんと静まりかえる。
水底《みなそこ》を見てごらん。
清らかな湧水が
変わりなく、こんこんと
湧き上がっている。

清らかな水、
清らかな心。
それがある限り、
池の水の全体がある限り、
水面のざわめきは
あなたの本質には
何の影響も与えない。

気にしない。
気にしないでいい。
外の世界に起こる
様々なことに
いちいち反応して
気に病んだり
しないでいい。

あなたの本質からやって来る
静けさと安らぎに
心を預けなさい。

気にするのと、記憶するのとは、
ぜんぜん違う。
気にするというのは、
恐れや不安、怒りや悩みに
心乱れ、
本来の自分で
いられないってこと。

記憶というのは、
起こったこと、言われたこと、
してはいけないこと、
心に留めておくこと、
それは、別に気にならない。
ただ淡々とやればいいこと。
何も問題ではない。
気にすることもない。
気に病むこともない。

気にしない、とは
無責任とは違う。
してはいけないこと、
しなくてはいけないことを
知らんぷりすることとはちがう。

気にするのと
気遣うのも違う。
気遣うのは
相手に何かをしてあげたいと、
相手のことを思いやる優しさだ。
それには心のゆとりも必要。

気を遣う相手といると
気疲れする。
性格も考えも違う。
話も合わないし、
互いの間に敬意もない。

そんな時には
できる限り早く
相手から離れて
一人になって
自分を取り戻そう。
そして、さっさと忘れてしまおう。

気にしないってことが身につくと、
生きるのが楽になる。
頭も心も、
すかっとして、
何を今まで
気にしていたんだろうと、
不思議に思う。
気にしないってことの価値はそこにある。

自分らしく、
誰にも気兼ねせず、
毎日を生きたら
生きるのが楽しくなる。
それこそが人生だ。

気にする自分、
気にばかりしていた
自分とはさよなら。

自分の人生の
主人公は自分だ。

気にしない！は
DON'T　MIND！
マインドとは脳＝思考のこと。

要するに、
頭で考えすぎるな、
いつまでも記憶するんじゃない、
過ぎ去ったことはもういいから、
気にするな、
ということ。

この世は、
考え出すと
気がかりなことでいっぱいだ。

ところがたいていは、
ささいなこと、つまらないことだ。
家庭で、職場で、街で、ショップで。
ちょっとしたトラブルには、
こと欠かない。
それらは、
日々、刻一刻過ぎ去っていく。

ところが、
頭の中には
いつまでも残っていて、
あなたの頭の中から
離れない。

それらが気になって、
気が晴れない。
気が休まらない。
心から寛《くつろ》ぐことができなくなっている。
それでは疲れるのは当然だ。

あれこれ思い煩《わずら》わず、
しばらく考えることを
やめたらどうだろう。
そしてリラックスしなさい。
大丈夫、少しくらい
頭を休ませても。

義理も人情も、義務でさえ
時には放っといていい。
気にしない。
気にしない。
そして生きることを楽しみなさい。
今、自分が生きていることに
感謝できるように。

あなたは、
人のことを気にするより、
自分自身のことを気にかけなさい。

あなたは、
人をどうにもできない。
でも、自分自身なら
どうにかできる。
自分の欠点・短所を反省したり、
自分の美点長所を認め、伸ばすこと。
その方が、確実に実りがある。

そうしているうちに、
気がつくと、
相手も、より良くなっている。
そのためにも、
気にしない、
気にしない。

とりあえず、
人のことは気にしない。
身近な者どうしなら、なおさらのこと。
水のように、空気のように、
光のように
さりげなく在りなさい。

気にする性質《たち》のあなたは、
人間関係以外にも、
様々なことを気にし、気に病む。

世界のこと、社会のこと、
地球のこと、動物のことが
気がかりでしょうがない。

この世は
多くの苦しみと悲しみで満ち満ちていて
心優しく、苦しみに敏感なあなたは
いつも心を痛めている。

しかし、
自分一人で
この世のすべて苦しみを
背負う必要はない。

今、この地球上では
多くの人々が
この世から苦しみを
少しでもなくそうと
日々活動してくれている。

だからあなたは
今あなたが住んでいる所で
あなたがやれることをやればいい。
どんな小さなことでも、
ひとつひとつ。

しかし、
なにはともあれ
まずあなた自身が
元気にならなくては。

あなたは、自分のすばらしさに気づき、
可能性を信じなくてはいけない。
気にする、という性格は、
感じやすいってこと。
それは、貴重な宝物だ。

社会は、そんなあなたを
必要としている。
あなたはもっと自由に、
伸び伸びと生きて
この世の光になりなさい。

気にする、ということを
愛に変えて、
愛そのものになりなさい。

それがあなたの天職。
愛することが、ね。

いいかい、
人生はね、
捨てたもんじゃないんだよ。

あなただって、
なかなかのものだ。

さあ、
リラックスして！
気分はどう？
落ち着いた？

よおし、
さあ、立ち上がって、
元気を出して！

最後にもう一度、
自分に向かって言ってごらん。
気にしない！
気にしない！

きっと、
いいことある！と。

あなたへ

気にすることは、

実は悪いことではありません。

社会生活をする上で、とても大切なことです。

気にする、すなわち気配りをしたり、

相手を気遣うことで、お互いに和やかに生活し、

また、助け合うこともできるのです。

むしろ、相手の境遇や気持ちがわからない人、

わかろうとしない人たちの方こそ、問題なのです。

気にしがちの人は、本当は心の優しい人。

うつむいて生きることはありません。

胸を張って、力強く生きてください。

葉　祥明

気にしない

2009年9月10日　初版第1刷発行
2023年6月30日　初版第9刷発行

著者：葉 祥明
カバー写真：倉光 潔
造本・装丁：水崎真奈美（BOTANICA）
発行者：河野晋三
発行所：株式会社 日本標準
〒350-1221　埼玉県日高市下大谷沢91-5
電話 04-2935-4671　FAX 050-3737-8750
URL https://www.nipponhyojun.co.jp/
印刷・製本：小宮山印刷株式会社

ISBN978-4-8208-0415-4 C0095
Printed in Japan

＊乱丁・落丁の場合はお取り替えいたします。
＊定価はカバーに表示してあります。